매일이

행복의 꽃으로 피어나시길 바랍니다

시인 김자운 드림.

그리움은 잠들지 않는다

김자은(금숙)

전남 장성 출생. 중앙대 예술대학원 문예창작 전공.
2000년 《수필춘추》 수필 등단. 2008년 《펜문학》 시 신인상.
전국 주부 편지 쓰기 대회 금상, 박두진 전국 백일장 시 가작, 우리 가
족 편지 쓰기 대회 대상.
한국문인협회, 국제펜클럽 회원.
artbis37@hanmail.net

그리움은 잠들지 않는다

—

초판 1쇄 2023년 10월 10일
지은이 김자은
펴낸이 김영재
펴낸곳 책만드는집

—

주소 서울 마포구 양화로3길 99, 4층 (04022)
전화 3142-1585·6
팩스 336-8908
전자우편 chaekjip@naver.com
출판등록 1994년 1월 13일 제10-927호
ⓒ 김자은, 2023

—

ISBN 978-89-7944-847-4 (04810)
ISBN 978-89-7944-354-7 (세트)

책 만 드 는 집   시인선 227

그리움은 잠들지 않는다

김자은 시집

책만드는집

계절 가고 사람 가고 사랑마저 희미해지는데
잠 못 드는 그리움 하나 남았다
이 그리움에 시의 날개 달아주신
문효치 스승님께 감사 인사 올리며

생일 편지 서두에
"대한민국 예술인 나의 꽃송이"라고 써주고
사람살이 막막한 날,
삶의 이정표가 되어주신
아버지께 이 시집을 바친다.

그리고

제 시에서 위안을 얻으셨다며

독일에서 애틋한 편지를 보내주신 최남규 님께

해설을 써주신

(사)국제PEN한국본부 김경식 사무총장님께

생각하면

가슴 설레고 코끝이 뜨거워지는 가족들과

여물지 못한 나를

아껴주고 응원해 주신 모든 분들께

온 마음 담아 감사 인사 올립니다.

2023년 그리움 익는 가을날

김자은

| 차례 |

2부 해가 지면 생각나는 사람

3부   아득한 날

4부 올해엔

1부
그 남자의 사랑법

솟대

하늘을 날고 싶다

죽음을 넘어 영원한 세계

날개에 힘을 불어넣어 보지만

살점 뜯어내는 고뇌는 불타고
육신은 이르지 못해

한평생 엎드려 잠든 그리움
깨금발로 깨워 품속에 넣고
장대 끝에 앉았다

사랑 그 길 위에서 2

뽀닥뽀닥 새순 돋는 산길을 걷는다
가파른 만큼 숨이 차다
굽이돌아 내리막길 또다시 오르막길이다
어디로 이어졌는지
어디가 끝인지 발바닥까지 뜨겁다

홀로 서서 키웠을 작은 나무 밑에
웅크린 도토리 한 알
언젠가
가문비나무에 걸어둔 꿈처럼
시간에 바래 누렇게 떴다
간간이
빛과 바람만 오가는 이 길 위에서
속앓이로 밤낮을 걸었고
사랑도 하고 이별도 했다

지금도
나를 아는 나와
나를 모르는 나 사이를 몰라 서성이는 길 끝
노을로 저문다

섬 하나

언제부터인가
지루하다고 느껴질 때
틈이 생겼다

가진 것이라곤 그리움밖에 없는데
그 그리움마저
틈 속으로 흘려보냈는지

봄길을 걸을 땐
꽃으로 웃게 해주던 사람

밤길을 걸을 땐
가로등으로 서 있던 사람

수없는 길을 함께 걷고
수없는 날들을 함께 견뎌낸 사람

이젠
내 심장으로부터 너무 멀리 가버린 사람

흐를 대로 흘러온 우리를 탓하며
나도 여기까지 흘러왔네

사람도 사랑도 흘러가네

숨은그림찾기

장대비처럼 눈 내리던 그해 겨울
우리는 만났다
꽁꽁 언 맨몸으로
무관심밖에 모르는 사내처럼 너는 그렇게 서
있었다
때때로
찬 바람 부는 날이면 너의 시린 한숨 소리
우 우 울다 지쳐 잠들곤 했지

물기 잃은 네 모양이 볼품없어 설렘도 잊은 지
오래된 어느 날

보란 듯
새소리 따라 연분홍 꽃 나풀거리며
새잎 꼼틀꼼틀 밀어 올리더니
창틈으로 단내 나는 향주머니 터트려 준 너

밤길에도 길 잃지 않는 쇠똥구리처럼
밤낮 쉬지 않고 너를 찾아낸 거야
그리고
꽃 진 자리 몽글몽글 키워 일출로 떠오른 노란
살구

처음 만난 네가 내 모양이었던 거야

그 남자의 사랑법 1

흩어져 살던 아홉 자식들 새 떼로 몰려와
여든일곱 아버지 주위에 빙 둘러앉았다
긴 숨 몰아 내쉴 때마다 눈시울 익는 밤

애비 노릇 못해줘 미안헌디
마지막까지 잔재미로 살게 해줘 고맙다
너희들은 내 전부잉게
지금처럼 살았으면 좋겠다

아버지 하고 싶었는데 못 해본 거 있어요
응 사랑이여
사랑은 어떻게 해야 되는디요
죽기 살기로 해야제
왜요
보고 싶을 때 볼 수 있는 얼굴 하나 남웅게

아버지의 애창곡 꿈속의 사랑 노래는
통증밖에 없는 시간의 맨 끝에서
사방으로 사방으로 흩어지네

그 남자의 사랑법 2

칠월 대낮 신호등 앞
한 몸으로 부둥켜안고 서 있는
연인들의 포갠 입술이 아스팔트 지열보다 뜨겁다
녹색등이 켜지자 남자는 두어 걸음 걸어가더니
뒤돌아서서 윙크와 함께
머리 위로 만든 대형 하트 장미꽃 만발이다
여자가 사랑해 외치자
내가 더 많이 사랑해 화답하는 남자

사랑의 무게를 저울질해 보면 수평이 있을까

버스 정류장에서 손 흔들며
조심히 올라가라는 아버지의 목소리
내가 더 많이 사랑헌다는 말이었음을

그 남자의 사랑법 3

꽃의 시간이 열매의 시간으로 옮아가는 밤

보름달 둥둥 뜬 1989년 추석 전날 밤으로 데려
간다
열 식구 4대가 한옥 두 채에서
전화기 한 대를 연결해 쓰던 때
늦은 밤 약주 드신 아버지의 전화에
시댁 식구들 잠 깬다며 툴툴대는 딸에게

내 새끼 저녁밥은 먹었는가
몸 아픈 데는 없고
저 달도 내 꽃송이를 보는데
보고 싶은 딸을 나는 못 보네 어쩌까이

제주 사는 서른다섯 살 아들에게 내가 하는 말

저 달도 내 새끼를 보는데

보고 싶은 아들을 나는 못 보네 어쩌까이

서로가 서로에게

천년의 약속으로 맺은 우리는 서로의 반쪽

부족함 껴안고 앞서거니 뒤서거니
호흡 맞춰 걸어갈 우리는
서로의 반쪽

앞뒤 바꿔 읽어도 하나인 부부로
믿음과 이해 앞세워 살아갈 우리는
서로의 반쪽

서로의 이정표가 되어
눈길 발길 마음길 닿는 종착역까지 함께 갈
이 세상 단 한 사람
당신입니다

열꽃

시월의 허물이에요

마음이 벗어놓은 껍데기 홀로 남아 앓고 있네요

그대 쏙 빠져나간 자리에 층층 먼지 쌓이는데
먹구름 속 한 줌 빛으로 어루만져 주던 손길 찾아
닫힌 마음의 문 열고 들어가
흰 울음만 매달고 나왔어요

잠든 고독이 날개 달고 오를 때
산꿩 소리 간간이 들리면
습관처럼
그대 숨결 껴안고 뒹굴다 무서리에 온몸 젖네요

어제는 꿈틀꿈틀 기어 나온 기억들이
싸리꽃으로 피었다 지더니

오늘은 수북수북 가슴 묻는
송이눈만 내리고 있어요

그리움은 잠들지 않는다

칼바람 따라 길 얼어붙고
나도 새하얗게 언 새벽
달빛이 나뭇가지 끝에 걸린
빈 둥지를 덮어준다
그 달빛의 온기에 잠 못 드는 그리움 하나
베갯잇 한쪽이 흥건하다

네가 나를 모르는데 난들 너를 알겠느냐*

몰라서
흔들리고 상처 주며 꺾인 인연들
너의 모든 것이 궁금하고 그립다

봄날
사랑이 되어 네게로 날아갈게

* 김국환 노래 〈타타타〉 중.

2부
해가 지면 생각나는 사람

칠월 칠석 1

욕창 앓는 그리움이 달로 뜨는 밤
너에게 날아들었어

숨결 데운 몸이 몸을 만져
혀끝에서 피워낸 꽃말
너뿐이야 사랑해

은하수 쏟아지는 빛무리 아래에서 알았네
사랑은
너로 피었다 너로 지는 일생임을

네가 있어 내가 있는 세상사
모르면 어때
기다림은 짧고 만남은 긴
사랑만 꿈꾸며 살래

칠월 칠석 2

내가 우리가 되는 저녁

이파리는 많아도 뿌리는 하나*여서
사랑하면 칼날 위에서도 잘 수 있다**는데
함께 있어도 잠 못 들고
없어도 통 못 자는 뜨거운 죄

오직
네가 아니면 사랑할 수 없는
죄 중에 가장 아름다운 죄

병 중에 가장 중한 병

사랑밖엔 난 몰라***

* 예이츠 「지혜는 시간과 더불어 온다」 중.
** 『탈무드』 중.
*** 심수봉 노래 〈사랑밖엔 난 몰라〉 중.

누드김밥

윤기 흐르는 살결에 뜨거운 몸뚱이예요
벗으라면 벗지요
부드러움을 원하시나요
좀 더 화끈함을 원하시나요
원하는 대로 가능해요
손끝 하나로도 사랑을 만들어낼 수 있으니까요
선택 따라 가격이 다르니 몸매는 따지지 말아요
허기 채우기엔 그만이니까요

당신 행복할 수 있다면
터지는 아픔쯤이야 받아들여야지요
당신 편하시다면
맘 조각 뭉텅뭉텅 잘려도 괜찮아요

하지만 리필은 안 돼요

한 몸으로 버티어내는 운명인걸요

마네킹 1

배알 없는 내 육신은 허깨비예요

쉬지 않고 쏘아대는 어둠 부스러기만 먹고 살아
외로운 한기 들어요

바라볼 수밖에 없어
그리움 붙잡고 견뎌온 속이 헛헛하네요

가슴 열고
두 팔 벌리면 다 가질 거라 생각했죠

내가 입고 있는 옷이 나를 구경하네요

헛물켠 외가슴으론 너에게 갈 수 없어
이젠 나를 찾고 싶어요

옆구리도 둘러보고
무릎 꿇어 내려 볼래요

목이 말라요
스스로 염해버린 피울음 꺼내어
봄볕에 태워버릴래요

마네킹 2

질펀히 흐르는 벌건 바람기 앞세워
가던 길 멈춰 선
오뉴월 수캐 한 마리
바닥난 밤꽃 향 질질 흘리며
음탕한 미소로 혀 내밀고
스 - 윽 훑는다
머리에서 발끝까지

철면피에 기름 발라
처진 어깨 빳빳이 세우고
삐비 같은 두 다리 벌려
꿈속 날갯죽지 펼쳤는데

이를 어째

끝끝내

비린내 한번 못 맡아보고
몸뚱이 한번 휘감아 보지도 못한 채
불어버린 허기 부둥켜안고 돌아서는 길

봄날은 간다

해가 지면 생각나는 사람

모래가 바람에 흩어지고
바람에 꽃잎 떨어져도
마음과 마음 꼭 붙잡은 우리
한 톨의 씨앗으로
하늘과 땅에 맹세했지요

해 지는 저녁이면
풀 뜯던 염소가 집으로 돌아오듯
땀 냄새 앞세워 등 굽은 아버지가
휘적휘적 집으로 돌아오듯
흩어진 식구들이 집으로 돌아오듯

오늘도 내일도
매일매일 돌아올 내 집은
당신입니다

우리는

쿵쾅쿵쾅
계단 오르는 네 발소리
언 땅 녹여줄 온기 몰고 온다

처음처럼 설렌다

사랑이다

계절 속에서

노을로 저무는 몸

어쩌다 보니

검버섯 핀 어른이 되었어

덜컥 겁이 나

어른 노릇

기약 없이

함박꽃 얼굴에 그늘 가득하다

그늘엔 명의도 보약도 없다는데
힘내라고
지나갈 거라고
아는 척
위로해 주는 척

그 그늘 척할수록 더 짙어지니
그냥
마음 모아 환해질 거라 믿으며 기다려주세

사랑 그 길 위에서 1

두구두구 카페 사거리 앞

가느다란 두 팔로 유모차 앞세워 밀며
부채처럼 옆으로 퍼진 몸뚱이로
삐거덕삐거덕 언덕을 오르고 있다

땅만 보고 덜컹덜컹 절뚝이며 걷는 새우등
땅이 흔들리는지 몸이 흔들리는지
웅덩이에 들어간 바퀴 따라 넘어지자
힐끗힐끗 쳐다보던 사람들 달려들어 일으켜 드
린다
난 괜찮혀 고마워 고마워
말갛게 웃는 연꽃 한 송이 유모차에서 사탕을
꺼내 준다

꽃 피는 순서는 차례대로지만 가는 순서란 없어

바닥에 누웠다가 바닥을 기어 보행기 밀며 걷듯
유모차 밀며 바닥을 걷다 바닥에 눕는 일
등 돌려 집으로 돌아가는 삐거덕 덜컹 삐거덕
덜컹 소리

흔들리며
피고 지는 우리들의 노래일지도 몰라

3부

아득한 날

사랑은 어떻게 하는디요 1

칼바람이 옷깃을 세우고 서 있는 밤

허기진 그리움 재울 길 없어
외로운 꿈속에서 걸어 나와
그대의 닫힌 문 앞에서 서성이네

동동 구르는 발등에 송이눈 쌓이듯
내 사랑이 그대 가슴에 고봉으로 쌓여
동백꽃으로 피어나면

나는 동박새로 날아가
얼어 있는 붉은 몸 구석구석에
봄빛 푸른 종소리를 들려주고 싶네

사랑은 어떻게 하는디요 2

계절이 바뀌는 길목마다 네가 있어

흔들리다가도 꺾이지 않아

기대 없이 만나 기약 없이 헤어져도

내 안에 살던 첫날만을 기억하며

사랑한 만큼 붙잡고 살래

사랑은 어떻게 하는디요 3

처음과 끝이 따로 있나요

사랑하면

다 처음인 것을요

사랑은 어떻게 하는디요 4

살캉살캉 새순 움트는 한적한 봄날

온다 온다 온다는 말만 환청으로 들리네

보고 싶어 보고 싶어 견딜 수 없는 오늘
붕붕 뜬 마음 앞세우지 말고
목청 터져라 외쳐보세

사랑한다고

종달새가 전해줄지도 몰라

껍데기

어둠을 베고 누런 달과 나란히 누웠다

손끝에 감기는 살결이 티눈 박힌 듯 따끔거리고
흰 머리칼의 서러움이 코골이로 이어진다

펄떡이던 지문들마저 희미하게 지워져 가는 밤

골 진 주름살 따라 지난 시간 속으로 돌아가 보니

지금도
거기 그대로 있는 풋내 나는 내 껍데기

가장 아름다운 꽃으로 웃고 있다

길

다랑논 따라
등 휘도록 절름거리는 아버지의 추억이
외줄로 걸어오고 있다

쩍쩍 갈라진 상처
살비늘로 기운 논바닥에 발목을 묻고
멸구알로 박혀 부화하지 못한 꿈
쟁기에 새겨 넣어 마른 가슴 닳도록 갈았다

해거름
노을에 취하면 빈 수레에 실려 오는 콧노래
언덕을 내려올 때마다 어둠을 밝혔다

끓이고 졸인 한 짐 세월 속
짊어진 지게 위에 내려앉은 흰나비
접은 날개 펴려 한다

서러운 나이테 맴돌아

복장腹臟 뚫린 동구 밖 당산나무

아득한 날

종이 날에 베이듯
사는 게 베이는 일이다

말에
돈에
사람에
사랑에
베이고 베며 사는 일

어쩌랴

참고 견뎌 다독이다 보면
베인 흉터도 꽃이 되는 것을

꽃그늘

"서산에 지는 해는 지고 싶어서 지나요
정들이고 가시는 님은 가고 싶어서 가나요"*

목련꽃 피는 봄밤

개동이는 집을 샀고
순례는 직장에 취업했고
분자는 쌍둥이 손자 손녀를 봤고
코흘리개 칠만이는 동네 회관 지었다고
주절주절 아무 말이라도 하고 싶은데

엄마 집에 엄마는 없고
애먼 밤이 주저앉아 울고 있다

* 〈정선아리랑〉 '이별' 중.

특별한 관계

억새로 살 비비며 살자

휑한 벌판 찬 바람 속에서도
서로 기대어 살자

비에 쓰러져 울고
눈 속에 꽁꽁 얼어도
뜨거운 마음 하나 나누며 살자

기한 없는 끝까지 함께할 우리는

특별한 관계

속까지 다 내주고 꼭 붙어 살자

이중섭 가족

마음에 그리면 그리움이 되고
종이에 그리면 그림이라 했던가
종이 한 장 살 돈이 없는 나는
은지를 내 땅으로 샀다

그리고
하루에도 수천 번
애기들이 살고 있는 집에
모랫길이 될 때까지 다녀오는 길

이별은 어떻게 하는지 몰라
애먼 은지에 눈물만 그려 넣으며

나는 있으나
아무것도 아니어서 미안하고
무엇도 아니어서 미안하고
힘없는 아버지라 또 미안하다

4부

올해엔

사무치다

한발 두발 시작도 혼자

함께 살다 돌아서 보면 또 혼자

누워서 마지막도 나 혼자

바람에 허리 꺾인 들국화 하얗게 웃네

애창곡 1

현관 오른쪽 벽에 삐뚤빼뚤 써놓은 네 글자
엄마 좋아
전에 살았던 다섯 살 아이가 써놓았을까
집으로 들어올 때마다 노랫말처럼 따라 읽고
흥얼거리는 엄마 좋아는

매화꽃으로 피었다가
수수꽃다리꽃으로 피었다가
코스모스꽃으로 피었다가
눈꽃으로 피었다가
사계절 내내 질 줄을 몰라

내 아이가 자판기 누르듯
가슴을 꾹 누르면
꿈을 펼칠 수 있는 이해의 날개가 돼주고
배꼽을 꾹 누르면

허기를 채워줄 뿌리가 돼줘야 할 텐데
잘할 수 있을까

좋은
엄마 노릇

애창곡 2

현관 오른쪽 벽에 삐뚤빼뚤 써놓은 네 글자
엄마 좋아
전에 살았던 다섯 살 아이가 써놓았을까
집으로 들어올 때마다 노랫말처럼 따라 읽고
흥얼거리는 엄마 좋아는

아이들의 입학과 취업 때면
우리의 관계를 네모 칸 안에 써 넣으라 하네
부, 모로

부 또는 모 말고

어머니 좋아
아버지 좋아로 쓴다면 어떨까

훗날

채석강처럼 바다를 품는 가슴 뜨거운 어른
엄마 좋아
아빠 좋아로 불리길

애창곡 3

현관 오른쪽 벽에 삐뚤빼뚤 써놓은 네 글자
엄마 좋아
전에 살았던 다섯 살 아이가 써놓았을까
집으로 들어올 때마다 노랫말처럼 따라 읽고
흥얼거리는 엄마 좋아는

꽃샘추위 머무는 삼월의 달력 속으로 이끈다
어린애 가지면 먹고 싶은 것이 많은디
시어른 눈치 보느라 참지 말고 사 먹으라며
지폐 둘둘 말아 묶은 손수건과
발뒤꿈치 서너 군데 꿰맨 양말 속 동전과
사륵사륵 밟히는 땅 속에서 캔 달래가
흙과 함께 배달된 소포 속 봄 편지

외할머니 사랑으로 키워
서른다섯 살 아들을 둔 나는

지금도

보고 싶을 때 볼 수 있는 얼굴 찾아
듣고 싶을 때 들을 수 있는 목소리 찾아
밤낮으로 날아다니는 새 한 마리

울 엄마 좋아

콩깍지

눈에서 멀면 마음도 멀어진다며
밥 먹듯 투정하던 너

깍지 낀 손끝에 꿰어진 미운 마음까지
핸드폰 배경 화면에 담아
매일 통화하는 우리는 하나

너만 생각하면
청맹과니처럼 실실 웃는 내 마음

너의
오늘이 내일이 일 년이 일생이 꽃이길 빌며
하루를 시작해
아프지만 마

썰물

노을에 기대어
죽기 살기로 사랑했네

그러나

바뀌는 계절 따라

사람 가고
사랑도 가네

얼굴 하나 지고 있네

주름을 업은 세월

생의 끝자락에 터 잡고 앉아
오순도순 빛바라기하는 할미꽃

좋을 것도 싫을 것도 없는 시간
수건돌리기 하듯 돌아가며 굽은 사연 쏟아낸다

죽기 살기로 살려고 버둥거렸던 생이
호명될 때마다 눈에는 냇물이 흐르고
그 냇물 소리

아이고 세상 말세여 부모를 휴게소에 버렸다네
아들 의사 만들어놓은께 코빼기도 안 내밀어
내가 언제 죽어도 모를 것이여
그려
그래도 나는
항상 자식들이 눈에 밟히고

보고 싶은디 어쩐당가

뿌리째 뽑아낸 아픔이
그대로 꽃이 되는 할미꽃

다시 돌아간다면

봄비에 툭 떨어진 동백꽃
찬 바람에 쓸리고 찢겨 숭숭 뚫린 상처들뿐이다
눈 맞추고 입술 나눠 피웠을 뜨거운 날들이
낙엽처럼 바삭거린다
어쩌다
귀퉁이까지 흘러들어 왔을까
바래지 않은 사랑 하나 남아 있기를

안부

봄 마중 나갔다가

맥없이 혼자 돌아오는 길

소쩍새만 웁니다

올해엔

믿음의 씨앗 심으려 해요

잡초 무성한 가슴에 사랑꽃 피우려구요

굳은 마음 흙 속에 묻고
네가 되어 견디다 보면

어둠 속 인내의 눈물이
푸른 사랑 하나
밀어 올리리라 믿거든요

계절 바뀌어 꽃 지듯

내가 질 때에는

네 가슴에 민들레 꽃씨로 날아가

봄날이 되고 싶어요

올해엔
믿음의 씨앗 한 톨 꼭 심을 거예요

삶과 사랑의 미학

김경식 시인 · (사)국제PEN한국본부 사무총장

서론

『그리움은 잠들지 않는다』는 김자은 시인의 첫 번째 시집이다. 2008년《PEN문학》신인문학상 수상으로 등단하여 15년 만에 출간하는 시집에는 작가의 삶과 사랑의 미학이 옹골차게 담겨 있다. 1954년에 창립한 세계적인 문학 단체, (사)국제PEN한국본부가 격월로 발간하는《PEN문학》으로 등단한 시인은 극소수다. 재능과 노력 없이는 등단이 불가능하다는 방증이다.

작가에게는 때로 유년기의 생물학적인 환경이 중요하다. 독자들이 작품에 감동받는 것은 작가가 체험한 유년기의 절망과 고난의 경험 등에 공감하기 때문이다.

김자은 시인의 시집『그리움은 잠들지 않는다』를 읽다 보면 가슴이 흔들리는데, 이것은 슬픔의 미학에서 흘러나오는 사랑의 정이다. 삶 속에서 사랑은 때로 상처를 받는다. 방황도 하게 된다. 오히려 치열하게 삶을 살아가는 사람에게 방황과 사랑의 상처들이 스멀거리면서 다가온다. 그래서인지 몰라도 "인간은 노력하는 한 방황한다"라고 괴테는『파우스트』에서 말했다. 그렇다. 인간은 노력하지만 방황하고 있다. 결국 방황하지 않는 사람은 노력하지 않는다는 것이다. 현실적인 삶의 노력은 방황과 절망을 낳는다. 그러나 그 절망 속에서 희망과 사랑의 꽃은 피어난다. 이별의 슬픔도 세월에 녹으며 분노도 곰삭으면 용서가 된다.

삶과 사랑의 미학이 담긴 시집『그리움은 잠들지 않는다』는 마흔 편의 시를 한 부당 열 편으로 분류하여 총 네 부로 구성되어 있다. 1부는 '그 남자의 사랑법', 2부는 '해가 지면 생각나는 사람', 3부는 '아득한 날', 4부는 '올해엔'이다. 본론에서 몇 편의 시를 통해 서론의 이해를 돕고자 한다.

본론

1부 그 남자의 사랑법

1부 '그 남자의 사랑법'에는 시집 제목이 된 「그리움은 잠들지 않는다」가 담겨 있다.

> 칼바람 따라 길 얼어붙고
> 나도 새하얗게 언 새벽
> 달빛이 나뭇가지 끝에 걸린
> 빈 둥지를 덮어준다
> 그 달빛의 온기에 잠 못 드는 그리움 하나
> 베갯잇 한쪽이 흥건하다
>
> (······)
>
> 봄날

사랑이 되어 네게로 날아갈게
  ―「그리움은 잠들지 않는다」부분

  그리움은 때로 절망과 시련의 아픔으로 견딜 수 없
는 고통을 동반한다. 그러나 칼바람 부는 겨울날의 어
느 신새벽 나뭇가지에 걸린 듯 위태로운 그리움조차
달빛이 위로하고 격려한다. 그런 희망으로 그리움은
베갯잇 흥건하도록 눈물 나게 한다. 결국은 어느 봄날
에 그리움이 잠들지 않는 사랑으로 반전된다.

  시「숨은그림찾기」는 과거와 현재에도 끊임없이
추구하는 우리들의 일상이다. 과거의 퇴행을 통해 현
재의 행복을 추구하기 위해 프로이트Sigmund Freud와
융Carl Gustav Jung의 견해를 오가고 있는 것이다. "찬 바
람 부는 날이면 너의 시린 한숨 소리/ 우 우 울다 지쳐
잠들곤 했지"의 과거와 "꽃 진 자리 몽글몽글 키워 일
출로 떠오른 노란 살구"의 현재의 달라진 현실에서도
숨은그림찾기는 계속되는 삶의 숙명인지 모른다.

  흩어져 살던 아홉 자식들 새 떼로 몰려와
  여든일곱 아버지 주위에 빙 둘러앉았다

긴 숨 몰아 내쉴 때마다 눈시울 익는 밤

애비 노릇 못해줘 미안헌디
마지막까지 잔재미로 살게 해줘 고맙다
너희들은 내 전부잉게
지금처럼 살았으면 좋겠다

아버지 하고 싶었는데 못 해본 거 있어요
응 사랑이여
사랑은 어떻게 해야 되는디요
죽기 살기로 해야제
왜요
보고 싶을 때 볼 수 있는 얼굴 하나 남웅게

아버지의 애창곡 꿈속의 사랑 노래는
통증밖에 없는 시간의 맨 끝에서
사방으로 사방으로 흩어지네
  ─「그 남자의 사랑법 1」전문

시「그 남자의 사랑법 1」은 친정아버지의 임종 상

황을 묘사한 슬픈 장면을 연출한다. 구 남매가 임종을 지켜보는 가운데 누군가 묻는다. "아버지 하고 싶었는데 못 해본 거 있어요." 죽음 직전에 누구인들 후회가 없겠는가. 사랑을 하지 못한 것을 후회하면서 남긴 명언은 "죽기 살기로 해야제" "보고 싶을 때 볼 수 있는 얼굴 하나 남웅게"이다.

임종 직전은 인간에게 가장 숭고한 순간이다. 가장 정직한 고백이 나오기 때문에 그렇다. 죽음의 사전적인 의미는 생명체가 지니면서 살았던 생명의 단절이다. 또한 생명체의 모든 기능의 영구적인 정지로 인해 육체가 현실성을 유지하는 능력을 완전히 상실하는 것이다.

리처드 도킨스는 저서 『이기적 유전자』에서 인간의 육신을 "유전자를 후대에 전파하기 위한 운반 수단"으로 표현했다. 이런 관점에서는 자식이 있어 자신의 유전자가 복제, 전달된다면 죽지 않은 것이 된다. 구 남매를 두고 떠나는 아버지는 내심 이런 유전자 의식을 가지고 있었는지도 모른다.

1부에 게재된 시 「서로가 서로에게」는 부부의 애틋한 정이 녹아 있는 작품이다. 부부夫婦는 전통적으로 동거, 부양, 협조, 정조의 의무와 물질적, 정신적, 육체적 의무를 동반하는 관계다. 그러나 이런 관계는 현대에 이르러 퇴락하고 있다. 전통적인 부부 관계가 해체되고 있는 것이다. 이런 시대에 작가는 시 「서로가 서로에게」에서 "천년의 약속으로 맺은 우리는 서로의 반쪽", "눈길 발길 마음길 닿는 종착역까지 함께 갈/ 이 세상 단 한 사람"이라고 노래하고 있다. 사랑의 동지적인 관계를 역설하고 있는 것이다. 열정적인 사랑의 뒤안길에는 동지적인 믿음과 신뢰가 동반되어야 한다. 그래야 연속적인 사랑이 가능하기 때문이다.

2부 해가 지면 생각나는 사람

세상살이 세파에 시달리다 보면 소중한 사람들이 그립다. 그러나 일상을 살다 보면 어느새 소중한 사람들을 잊게 된다. 불현듯 그 사람이 사라지거나 부재중에 그를 그리워할 때가 있다. 그런 사람들은 가족과 혈족일 수도 있지만 다양한 인간관계에서 만났던 사람일 수도 있다. 시 「해가 지면 생각나는 사람」은 그런 사람을 위해 쓴 시다.

모래가 바람에 흩어지고
바람에 꽃잎 떨어져도
마음과 마음 꼭 붙잡은 우리
한 톨의 씨앗으로
하늘과 땅에 맹세했지요

해 지는 저녁이면
풀 뜯던 염소가 집으로 돌아오듯
땀 냄새 앞세워 등 굽은 아버지가
휘적휘적 집으로 돌아오듯
흩어진 식구들이 집으로 돌아오듯

오늘도 내일도
매일매일 돌아올 내 집은
당신입니다
－「해가 지면 생각나는 사람」 전문

3부 아득한 날

　3부 열 편의 시 중에 「길」은 산업화 직전 농촌에 토
대를 두었던 우리네 부모님 세대의 풍경이다. 1960년

대와 1970년대 정부의 저곡가 정책과 저임금 정책을 통해 산업화의 토대를 확보한 경제개발 정책은 농촌의 희생을 낳았다.

다랑논 따라
등 휘도록 절름거리는 아버지의 추억이
외줄로 걸어오고 있다

쩍쩍 갈라진 상처
살비늘로 기운 논바닥에 발목을 묻고
멸구알로 박혀 부화하지 못한 꿈
쟁기에 새겨 넣어 마른 가슴 닳도록 갈았다

해거름
노을에 취하면 빈 수레에 실려 오는 콧노래
언덕을 내려올 때마다 어둠을 밝혔다

끓이고 졸인 한 짐 세월 속
짊어진 지게 위에 내려앉은 흰나비
접은 날개 펴려 한다

서러운 나이테 맴돌아

복장腹臟 뚫린 동구 밖 당산나무

  −「길」전문

  1960년대와 1970년대 농촌은 대부분이 시「길」처
럼 고단하고 슬픈 현실을 살아내야 했다. 그러나 가난
하거나 고단하다고 하여 모두들 불행한 삶은 아니었
다. 시「길」의 표현처럼 "해거름/ 노을에 취하"여 콧노
래를 불렀으며, 암흑 같은 시련이 닥치면 "어둠을 밝"
히며 길을 걸어갔기 때문이다. 등짐이 무거워도 자식
들을 위해 인내의 인생길을 걷고 걸었다. 고단한 세월
이 강물처럼 흘러 어느 봄날이 되면, 흰나비처럼 부활
한다는 자유의 신념을 믿었다. 이런 삶을 위해 김자
은 시인의 친정아버지는 "서러운 나이테 맴돌아/ 복
장 뚫린 동구 밖 당산나무"처럼 살았다. 김자은 시인
의 모태적 그리움은 고향의 당산나무로 상징된다. 오
래전에 떠나온 고향 마을은 자신이 태어난 곳이며, 조
상들이 살았던 곳이다. 그러나 이제 그곳에는 부모님
도 조상들도 모두 떠나고 반기는 것은 당산나무가 유

일하다. 그 당산나무는 친정아버지로 거듭나고 있는 것이다. 마치 김기림 시인이 시 「길」에서 "할아버지도 언제 낳은지를 모른다는 동구 밖 그 늙은 버드나무 밑에서 나는 지금도 돌아오지 않는 어머니, 돌아오지 않는 계집애, 돌아오지 않는 이야기가 돌아올 것만 같아 멍하니 기다려본다"라고 한 것처럼 돌아오지 않는 어머니와 아버지를 기다리는 슬프고 간절한 염원이 담겨 있다.

이런 분위기는 또 다른 시 「꽃그늘」에도 애절하게 표현되어 있다. "목련꽃 피는 봄밤"에 고향 친구들의 다양한 소식을 들으면서 "엄마 집에 엄마는 없고/ 애먼 밤이 주저앉아 울고 있다"가 그 예다. 이런 정서는 농촌 마을에 살았던 50대 이상의 세대라면 보편적으로 지니고 있지만, 시로 형상화하는 것은 쉬운 일이 아니다.

김자은 시인이 당시의 가난한 삶의 현장을 아버지와 결부하여 쓴 시가 「이중섭 가족」이다.

마음에 그리면 그리움이 되고
종이에 그리면 그림이라 했던가

종이 한 장 살 돈이 없는 나는
은지를 내 땅으로 샀다

그리고
하루에도 수천 번
애기들이 살고 있는 집에
모랫길이 될 때까지 다녀오는 길

이별은 어떻게 하는지 몰라
애먼 은지에 눈물만 그려 넣으며

나는 있으나
아무것도 아니어서 미안하고
무엇도 아니어서 미안하고
힘없는 아버지라 또 미안하다
　　－「이중섭 가족」전문

　　"나는 있으나/ 아무것도 아니어서 미안하고/ 무엇
도 아니어서 미안하고/ 힘없는 아버지라 또 미안하
다"는 김자은 시인의 친정아버지의 독백일 것이다.

일상에서 '미안하다'는 말을 들으면 사과로 느껴지는 정도다. 그러나 임종에 이른 분의 "미안하다"는 말은 진정성을 넘어 가슴을 흔드는 파급력을 지닌다. 가난과 슬픔에도 행복의 꽃이 피어나게 만드는 김자은 시인의 시어들은 아버지를 통한 사랑과 그리움이 일관성을 유지하고 있기에 큰 울림을 지니고 다가온다.

　마음의 상처는 육체의 상처보다 심각할 때가 많다. 믿고 의지하던 사람에게 받은 마음의 상처는 세월이 가도 잊기가 쉽지 않다. 시「아득한 날」에는 현실적인 다양한 상처들을 극복하기 위한 의지가 담겨 있다.

　　종이 날에 베이듯
　　사는 게 베이는 일이다

　　말에
　　돈에
　　사람에
　　사랑에
　　베이고 베며 사는 일

어쩌랴

참고 견뎌 다독이다 보면
베인 흉터도 꽃이 되는 것을
 -「아득한 날」전문

　사람들에게 받는 마음의 상처는 진단명도 없고 처
방약도 없는 것이 현실이다. 때로 심리적인 트라우마
Trauma는 일상적이다. 스스로 위로하면서 인내하는
것을 처방약으로 알면서 살아간다. 그러나 심리적인
트라우마를 치료하는 방법은 쉽지 않다는 것이 통설
이다. 당사자들은 공포와 불안으로 일상적인 대인 관
계를 유지하기 힘들어지기 때문이다. 우리의 마음과
육체는 생물학적으로 밀접하게 연결되어 있다. 정신
신경면역학에서 인간은 정서적인 상황에 육체의 면
역체계도 변한다고 진단한다. 우울증과 같은 증상에
서는 혈중 염증 물질이 증가하여 질병에 취약해지기
때문이다. 시「아득한 날」에는 이런 상황을 극복하기
위한 삶의 미학이 담겨 있다.

4부 올해엔

4부는「올해엔」을 포함하여 열 편의 시를 담고 있다. 이중에서「애창곡 1」「애창곡 2」「애창곡 3」은 절창이다. 모성애는 자녀에 대한 어머니의 본능적인 사랑을 의미한다. 태어난 자녀들이 가장 두려워하는 것은 모성애의 박탈이다. 인간은 오랜 시간 양육이 필요하기 때문이다. 시「애창곡」은 작가의 모성애가 듬뿍 담긴 작품이다.

현관 오른쪽 벽에 삐뚤빼뚤 써놓은 네 글자
엄마 좋아
전에 살았던 다섯 살 아이가 써놓았을까
집으로 들어올 때마다 노랫말처럼 따라 읽고
흥얼거리는 엄마 좋아는

매화꽃으로 피었다가
수수꽃다리꽃으로 피었다가
코스모스꽃으로 피었다가
눈꽃으로 피었다가
사계절 내내 질 줄을 몰라

내 아이가 자판기 누르듯

가슴을 꾹 누르면

꿈을 펼칠 수 있는 이해의 날개가 돼주고

배꼽을 꾹 누르면

허기를 채워줄 뿌리가 돼줘야 할 텐데

잘할 수 있을까

좋은

엄마 노릇
 –「애창곡1」전문

　유아기 때 가장 필요한 것은 엄마의 관심과 사랑이다. 유아기의 공포는 엄마의 부재이다. 아이는 엄마가 필요할 때 없는 것이 가장 불안하다. 결국 엄마가 가진 모성애와 아이의 엄마 의존 관계는 천륜이다. "엄마 좋아"라고 써놓았던 글자를 30년이 지나 회상하면서 작가는 "좋은/ 엄마"를 염원하고 있다.
　「애창곡3」에도 작가의 삶과 슬픔이 녹아 있다.

외할머니 사랑으로 키워

서른다섯 살 아들을 둔 나는

지금도

보고 싶을 때 볼 수 있는 얼굴 찾아

듣고 싶을 때 들을 수 있는 목소리 찾아

밤낮으로 날아다니는 새 한 마리

　 ─「애창곡 3」부분

시 「썰물」에도 김자은 시인의 삶과 사랑의 미학이 응축되어 있다.

노을에 기대어

죽기 살기로 사랑했네

그러나

바뀌는 계절 따라

사람 가고

사랑도 가네

얼굴 하나 지고 있네

　–「썰물」전문

　썰물은 바닷물의 표면이 하강하는 현상이다. 바닷
물은 만조에서 간조까지 하루에 두 차례씩 밀려 나간
다. 살다 보면 삶이 썰물처럼 느껴질 때가 있다. 모두
자신을 떠나가고 있다는 아픈 실존에 몸서리칠 때가
있다. 다시 밀물이 밀려오는 물결 소리를 들으면서도
썰물의 기억을 회상하지 않을 수 없는 이유다. 삶은
회자정리會者定離다. 만나는 사람은 언젠가는 이별하게
되어 있다. 이별이 없다면 결국 죽음이 그들을 갈라놓
는 것이 인간의 숙명이다. 이런 인연이 사랑하는 사람
과의 관계라면 고통과 슬픔이 동반하는 것은 자연의
이치다. 사랑의 사전적인 의미는 '어떤 사람이나 존재
를 몹시 아끼고 소중하게 여기는 마음'이다. 이런 가치
를 지닌 사랑이 가고 오고 것을 숙명처럼 받아들이지
않으면, 그 아픔과 고통에 견딜 수 없게 되는 것이다.

결론

김자은 시인의 첫 번째 시집『그리움은 잠들지 않는다』에는 총 마흔 편의 시가 수록되어 있다. 다양한 소재의 시로 분류할 수 있지만 '삶과 사랑의 미학'으로 응축할 수 있다. 시를 쓴다고 하면 메타포(은유)가 주류를 이루는 난해한 형이상시를 높게 평가하던 시절도 있었다. 그러나 주지적 은유로 시를 쓸 수 있지만 주정적이면서 실존의 쉬운 시들이 오히려 가슴을 울리면서 다가올 때가 있다. 김자은 시집『그리움은 잠들지 않는다』는 쉽지만 오히려 가슴을 울린다. 유년의 추억과 현실적인 서정이 아스라한 영감을 동반하면서 슬픔과 이별, 사랑 등의 서정성을 유감없이 발휘하고 있기 때문이다.

다양한 작품들이 사랑과 삶의 슬픔에 그 토대를 지니고 있다. 또한 사랑은 때로 가슴 설레는 행복감을 주기도 하지만 동시에 한없는 번민과 슬픔을 동반한다. 현대인들은 사랑을 찾고 목말라 하지만, 에반젤린이 가브리엘를 찾아 떠났던 인내의 인생길을 포기하고 있기 때문이다. 그러나 김자은 시인은 절망 속에서도 희망을 노래하고 있다. 김자은 시인의 첫 번째 시집 『그리움은 잠들지 않는다』가 독자들에게 삶과 사랑을 통해 희망의 파동으로 전달되기를 기원하는 이유이다.